白鹭

张春玲 著

团结出版社
UNITY PRESS

©团结出版社，2024年

图书在版编目（ＣＩＰ）数据

白鹭 / 张春玲著. -- 北京：团结出版社，2024.
10. -- ISBN 978-7-5234-1330-2

Ⅰ. I227

中国版本图书馆CIP数据核字第2024XC4831号

责任编辑：张　茜
封面设计：孙陈强

出　版：团结出版社
　　　　（北京市东城区东皇城根南街84号 邮编：100006）
电　话：（010）65228880 65244790
网　址：http://www.tjpress.com
E-mail：zb65244790@vip.163.com
经　销：全国新华书店
印　装：武汉鑫佳捷印务有限公司

开　本：145mm×210mm　32开
印　张：6.75　　　　　字　数：150千字
版　次：2024年10月 第1版　印　次：2024年10月 第1次印刷

书　号：978-7-5234-1330-2
定　价：88.00元

白 马

从这片田野到那片田野

就象人从这个城市到那个城市

人除隐身术程外 必须

要穿银色或者红色的内衣

一旦革销颜色 将失去自由

而那多光 为庭简单

不用毛彩 抵披着一生一世的雪

连她也是 白色的

张素玲小诗 北京力修曹墨文抄录

"一只在荒草坪上沉思的白鹭"

——读张春玲的诗

伊甸

新冠疫情来临之前，我在三门海边的一次诗会上认识了张春玲，我们在海边的岩石上以大海为背景留下了一张合影。当我打开张春玲这本诗集，发现诗集中弥漫着海洋的气息。我不由自主地想起我在丹麦旅游时，曾经在美人鱼的雕像前久久地徘徊。海洋，确实是一个盛产童话和诗歌的美妙之所在。

在张春玲写的与海洋有关的诗歌中，我最喜欢的是《拍照》这样的短诗：

傍晚，夕阳从海鸥的翅膀掉下

落在沙滩上，开出了

一朵，二朵，三朵……

不同颜色的花

它们赶在潮汐到达之前

在海风中狂欢，让我的孤独

也有不同的颜色

意象清晰而完整，想象奇特又自然，犹若一幅印象派的画，明亮、绚丽，其变幻和异想天开，有着鲜明的童话气息。最后一句"让我的孤独 / 也有不同的颜色"，仿佛神来之笔，有直击人心的效果。

张春玲写海的诗有很多，她写大海，写波涛，写浪花，写鸥鸟，写海滩，写岛屿，写港口，写渔村……她写这一切的时候，往往把自己的人生感受巧妙而又自然地融合在景物中，因而她写大海就是写人生，写人生的思念、困惑、迷茫、忧伤……比如一首五行的短诗《在港口凝望》写思念："夜色将东沙港描摹成一幅 / 思念：围墙，石屋，小花窗 / 在月光下漂浮 // 对岸的你，来或不来 / 秋风总是在港口等我"。比如《浪花》写内心的迷茫："……我在岸上看浪花 / 看着看着，认不出自己是 / 哪一朵浪花"。张春玲工作和生活在温州。温州是一个靠海的城市，张春玲的很多生活经历跟大海有关，她又是一个感受力异常丰富的女性，因而大海给了她无穷无尽的安慰、启示、激励，有时也给她带来感伤和忧虑。

在张春玲写大海的诗歌中，有几首诗通过她所描绘的大海景物泄露了自己性格和灵魂的秘密，比如她那首四行小诗《红石滩》："即使汹涌的浪涛倒影在海里 / 也是洁白而纯真 / 我坐在红石滩上 / 没有化妆，脸对着太阳"。张春玲的职业是一个检察官，检察官在行使职责时，必须有严谨的思维和严肃的作风，甚至是严苛的自我要求。张春玲在微信上和我聊到检察官这一职业性质时，也曾经感叹过这种严谨、严肃和严苛，说明她对待工作确实是一丝不苟、极为敬业的。但通过她的诗歌，我发现了另一个张春玲：一个永远纯粹、天真的人！她灵魂深处永远有一条美人鱼。

除了写大海之外，张春玲也以她敏锐丰富的心灵感受着天地万物给她带来的爱与恨，喜悦与忧伤，震惊与感悟。她非常喜欢写白鹭，白鹭的白，优雅的飞翔姿势，以及它所喜爱的岛屿、田野、树林……对她构成了一种不可抗拒的诱惑。《淤泥上的白鹭》这首诗的最后两行是："河道上的白鹭依然纯洁／身体上不带一星点淤泥。"和那首《红石滩》一样，张春玲在不经意间暴露了她性格和灵魂的澄澈、明净。她的《白鹭》和《冬雨中的白鹭岛》也是专门写白鹭的，其中《白鹭》一诗也让人难忘，这首诗最后三行是："而那鸟儿，多么简单／不用色彩，只披着一生一世的雪／连姓也是白的"。读着这样的诗句，我们不仅想到白鹭的白，同时还想到了人的白——人格和灵魂的洁白。张春玲写白鹭的诗，几乎都是对一种洁净明亮的人格的赞美。

除了专门写白鹭的这几首诗之外，张春玲在其他的诗中也常常写到白鹭，比如"思想的白鹭"，比如"白鹭看见乌云坠落湖面／心中堆满了鱼骨"，比如"一只在荒草坪上沉思的白鹭"……这些诗句写出了张春玲对白鹭的不可遏止的喜爱。我甚至突发奇想：建议张春玲用"白鹭"作为自己的笔名，或者用"白鹭"作为这部诗集的名字。当然这是突发奇想而已。

张春玲是一个有悲悯情怀的人，她对大地万物都充满了慈爱之情。她让那些小动物，比如麻雀、松鼠、燕子、蝴蝶、蚂蚁、鸽子、知更鸟、鱼、蛙、蝉、蜜蜂、蚯蚓……排着队进入她的诗中，各自展现它们的灵性和风采，或者让它们的卑微与伤痛得到怜悯和抚慰。给我留下深刻印象的是一首《流浪猫》：

> 一只猫站在屋檐上，变换着声音
>
> 示弱，哀怨，愤怒，求救，呼唤……
>
> 叫了一夜，一双蓝眼睛
>
> 在黑暗中散发着凄淡的月光

读着这样的诗，心情不由自主地沉重起来，仿佛这只可怜的流浪猫就在我们近旁叫啊叫，仿佛它在忧虑地、悲伤地呼唤着我们的名字，我们没法无动于衷。

张春玲是一个非常重情义的人，她在一首又一首诗中深情地怀念祖父祖母、外公外婆、父亲母亲。她在《我睡在你的梦里》这首三行短诗中思念母亲："清晨醒来，枕旁／一朵带着香味的笑脸／在雾里悄然绽开"。她在《父亲的勋章》中怀念父亲："山坡上每一朵盛开的杜鹃花／都像一枚勋章"。她的那首《想和爸爸一起吃猫儿柿》更是催人泪下："……你去哪儿了？我守着／一篮子猫儿柿／想和你一起吃——猫儿柿／甜糯得让我们笑不出声"。她的怀念诗篇还有《思念》《祭祖》《清明》《父亲，今天是你的生日》《爸爸，我梦到您了》《外婆家门外》……等等，每一首诗都流淌着她从心灵深处溢出来的真挚而又深沉的爱，以及能唤起读者心灵共鸣的的忧伤。

张春玲的诗是有灵性的，在她的诗中，随处可见她海阔天空的想象和火花四溅的另类思维，比如"火盆里烤焦的红薯，多像我 /——在苦中逼近甜""我身体里的稻谷、麦穗和树叶 / 依然颤动着光芒""谢灵运的诗句嵌入石头内部，南塘老街 / 就是一只仙鹤，飞，飞起来"……有人说，诗是文学中的文学，指的就是诗歌的特殊的想象力和创造力。一首诗有了作者所独有的，辨识度高的想象力和创造力，就是有了灵性，就像天空有了太阳，鸟儿有了翅膀。

张春玲的灵性不仅仅是单纯的灵性，她的灵性常常结合着自己独特的思考。诗，只有与思结合，才是真正的诗，启迪智慧的诗，才能进入读者的心灵。"人和猴子 / 谁要了谁？""雨止，雾厚 / 看不到高楼，人间 / 再无高低""一只鸟从一棵树投奔到 / 另一棵树 / 一朵云从一颗心投奔到 / 另一颗心"……我认为张春玲在写作时，她的检察官的职业素养仍然在影响着她的思维，表面上看来她在随心所欲地想象，其实字里行间隐藏着她的严肃思考。她的《回望石拱桥》这首诗，写出了石拱桥的历史与现实的纠缠，世俗与理想的冲突，最后三行总结性的诗句有震聋发聩之效果："终于明白，你 / 一半是巨大的谜 / 一半是厚厚的史诗。"

哪怕是很小的很常见的题材，处理得好的话也能写成一首很有意味的诗。比如她的《伤心》："芭蕉树下 / 两只鸡争抢着一条小虫 / 四眼怒对 / 展翅，跺脚 / 打，还是停战 / 谁赢，谁输 / 阳光从不关心这些。"最后轻描淡写的一句，却使这首诗的立意嚓地一下射出了光芒。加上"伤心"这个题目，初看来似乎与诗并不相关，恰恰这种表面上的不相关，会引发读者的深一层思考。

最后我们一起来欣赏一首她的《正午的五彩池》：

山谷一阵眩晕
突然，一只绿羽毛的鸟退出天空

山巅的白云无奈地叹一口气
转而思考其他的事情

你喘着粗气，在一级级石阶上
数着自己和时间的脚印

白雪控制着池水的深度和色彩
池水下滑，丈量山和灵魂的海拔

半山腰开放的野杜鹃，习惯性地
接住雨水湿漉漉的吻

天公变脸比人还快，它用莫测的风云
把我们漫长的日子一一写满

意象的跳跃，意义的朦胧，意味的神秘，使这首诗就像五彩池一样捉摸不透，引人入胜。这样的诗在张春玲的诗集中并不多见，这是她在艺术上的一种新的尝试。张春玲是一个谦卑的人，这几年她在努力地阅读中外优秀诗歌，不断地汲取新的营养以充实自己、丰富自己。《正午的五彩池》这样的尝试无疑是很有意义的，这是张春玲对自己的挑战。只要她还敢于向自己挑战，我们对她未来的写作就可以充满信心。

我希望张春玲在以后的诗歌写作中，把诗歌放在内心更神圣的位置上，在语言的精确性，叙述的逻辑性上，进一步发挥检察官的思维优势，让自己的诗歌既灵思飞扬，又有案件审查般的严谨，让自己的创作一步步进入更开阔更结实更神奇的境界。

2024.5.4—5

目 录

第一辑　等日出

第二辑　意外

第三辑　非常人间

第四辑　紫色旗袍

后　记

第一辑　等日出

一枝月季开出三朵不同颜色的花

在白云堆积的早晨
一枝月季突然开出三朵不同颜色的花
就这么一开
它周围的小伙伴抱着自己的蕾，一动不动
它们不敢动
甚至不敢启动开花的念头

白 鹭

从这片田野飞到那片田野
就像人从这个城市到那个城市
人除随身行李外，必须
要穿绿色或者红色的内衣
一旦穿错颜色，将失去自由

而那鸟儿，多么简单
不用色彩，只披着一生一世的雪
连姓也是白的

拍　照

傍晚，夕阳从海鸥的翅膀掉下
落在沙滩上，开出了
一朵，二朵，三朵……
不同颜色的花
它们赶在潮汐到达之前
在海风中狂欢，让我的孤独
也有不同的颜色

春分日

春天真好，阳光给木绣球披上了绿白参半的披肩

树上玉兰花像酒盏倾斜，轻轻地倒出
淡淡的清香
我使出全身力气没有接住
恰似我无法拒绝，立春，惊蛰……
从我身边溜走

梨花来一程，桃花走一程
乌鸫鸟用鸣声捡起花瓣
它不知道雨水已经远走他乡
根本不知道它们为什么要走

露台上的婆婆纳，通泉草乐呵呵
它们知道，知道春天
知道春天把春天的暮色和整个夏天
慢慢，放在你的身后

所有的雪都是奔着冬至而来

黑夜，幽灵般从山顶滚落
在村口的路上，碎成一片印记
清晨的雪，覆盖整条街巷
还有那早已空无一人的马头墙老屋

在寒风中追光的孤影
从一个山村，跨越到
一个城郊的渡口
从浦阳江到瓯江
江水呼啸
我顺着这声音
追到源头，好像看到
雪中的父亲

恍若所有的白
都是奔着冬至而来

正午的五彩池

山谷一阵眩晕
突然，一只绿羽毛的鸟退出天空

山巅的白云无奈地叹一口气
转而思考其他的事情

你喘着粗气，在一级级石阶上
数着自己和时间的脚印

白雪控制着池水的深度和色彩
池水下滑，丈量山和灵魂的海拔

半山腰开放的野杜鹃，习惯地
接住雨水湿漉漉的吻

天公变脸比人还快，它用莫测的风云
把我们漫长的日子一一写满

跳跳鱼在红树林画什么

汐位在前，舢板搁浅在后
泥马舟行走在岸上
跳跳鱼在红树林画什么？

深知蜜蜂满腹甜言蜜语
蜻蜓点水
红树林依旧给予芳香

我是过客，影子
在红树林中小了又小
小到餐盘向往的贝类翻身
贝壳的止静

跳跳鱼，在红树林画什么？
房子是黑的，身体是灰的
小泥蟹露出的爪子是红的

我想了又想
跳跳鱼在红树林画什么，怎么画
是天意
诸如我的黄昏的黄，红树林的红

——也是天意

等日出

雨天，哪儿也不去
哪儿也不能去

即使不出门也要盛装打扮
喷了香水，戴上口罩

坐在窗口对花瓣说，不要哭
我陪你们，直到太阳温柔地发出呼唤

看 云

云
推着天空
铁锈红和橘黄色
仰望让它们闪烁
异样的光辉

暮晚和回忆
从心里漫出来

一只鸟从一棵树投奔到
另一棵树
一朵云从一颗心投奔到
另一颗心

瓷

谁的脚步在青花瓷碎片上模仿

伯牙摔琴断弦的声响？

奔跑的假山和鱼池

被顽固的夕阳拒之门外

闯入房间的鸟鸣与

素白的心经杯，有着千年的落差

那生长在瓷板上的柿子树

火一样的果实，嘲讽着窗外的季节

月光里，风像大师的手在竹林中

轻柔地抚摸着时间

景德镇的天空神话般降落在

我们的喜悦中

塘　河

你穿越一座城，融通了两江

血脉狂悖的风暴撕裂你的双臂

你疼痛，颤抖

我要用双手抹去你脊梁上的白霜

你的乳汁流出黄土地

造就稻田中的波浪

柑果林里的金光

山茶花开得有声有色

鸥鹭在漂浮的月光中飞来飞去

白塔山下，诞生母性的清波

向远方延伸出水乡的气韵

　"扬帆采石华，挂席拾海月"

谢灵运的诗句嵌入石头内部，南塘老街

就是一只仙鹤，飞，飞起来

天在舞蹈

　夕阳
筑巢的燕子
以贝多芬的方式拍打冬天
鱼腥草关闭了舞池音乐

雪。羊群
乐山大佛。龙王庙
往日熙熙攘攘的众神
用失恋关上门窗

天在舞蹈

在田埂上看夕阳

夕阳像车轮
变换着行驶速度
把远山，湖泊，河流
轮番送上天空

最初它只是个结实的球体
在母体中孕育，发出光明的信号
紧接着，它悄悄浮出水面
旋转，升空，创造奇迹……
此刻，它正在和大地依依不舍告别

我把它藏进胸膛
我身体里的稻谷、麦穗和树叶
依然颤动着光芒

冬雨中的白鹭岛

在塘河中，与残荷相邻
随着潮汐起落而摇摆

白鹭收拢翅膀，默默地蹲在
老树干枯的枝桠上

彼岸，一棵枫树找不到
来时的路，急得涨红了脸

白鹭与我，四目相视
我还得在雨中为自己借伞

雾天中午

暗光潜藏身影。在明处
像贴在玻璃上的雾气
时有时无

河水清澈，透明是
阳光下的人，沿岸行走

迎面走来的老妇人
要我读佛经

一只白羽毛的鸭子
嘎嘎嘎地对我叫
苏轼就在对岸竹林

薄　雾

薄雾藏起了太阳
在珍珠灰的天空中
有一套茶具正在银托盘上颤动

打开窗，薄雾扑进房间
淹没了我们的思想
衣服，咖啡……

薄雾中，一艘船寻找着方向
遗世独立的灯塔，于大海中央
闪烁光芒

回家，或是归途

坐上 K 字头列车，一位
从麦地里跳出来的男孩
期待与一场梦相遇

车窗外，阳光在麦穗上跳跃
像快乐的孩子，从一穗跳到另一穗
又从另一穗跳到这一穗

列车向前，麦田退后
仿佛祖父母依依不舍地
目送孙儿远行

夜幕下的钓鱼人

夜幕低垂，灯光昏暗
他用谎言钓鱼
身边的芦苇，野草
都不理他

鱼啊，蠢蠢欲动
浮子一晃一沉
河水没有了平静，不再波光粼粼
涛声，鱼儿搏斗声混杂在一起

有了思想的白鹭，在他和鱼钩的上空
盘旋，严阵以待
我估摸着它们是柏拉图派来
捉拿阿斯克勒比斯黑手的监护神

时钟在一嗒一嗒地响
夜越来越深，河水越来越清

在河岸

我要了一杯茶，坐在
茶室靠河岸的位置
两个小孩在对岸，沿着
河岸小径和芦苇捉迷藏
头上有蓝色的天空
黑色的飞鸟
桥下有一只白色的舢板，等着
把我送回童年

南塘絮语

将古朴、隽美装入相机
固定在三脚架上，对焦
惊雷揣着笑声按下快门
将印象南塘写入云中

雨水把黑夜与灯光染成彩缎
遮盖了银河的波涛
闪电划破苍穹，掉落的火焰
点燃河流和湖泊

龙舟的吆喝声在雷雨中穿梭
溅起的水花迷惑了塘河的眼睛

廊亭里，灯光晃动
像戴着面具的星星在舞蹈
像一则我熟知的寓言

无 题

树褓露枯瘦的躯体

它已没有叶子和骄傲可以撒落

眼前飞过的灰喜鹊

找不到自己的方向

风任性地走来，又任性地离开

芭蕉仍然高贵而又镇静

它阔大的叶片上

冬天与春天正在进行

严肃的谈判

途　中

最晚一班公交车

只有我和我的影子

车厢里很安静

我担心自己的孤独

会发出声音

突然，一阵狂风卷起沙尘

天地间灰蒙蒙

乌云一步步走近车厢

压住车顶，车子一动不动

我的骨头在颤抖

血液在凝固……

我急匆匆下车

去跟风沙和乌云

论论是非

梅花瓣色小女孩

嵌着水珠的玫瑰色花瓣铺了一地
刚学会奔跑的小女孩
忘记了追逐落在梅树上的飞机
拽着爸爸弯腰捡起花片，一片片贴在
粉色衣服上
让自己变成一朵花

太阳这架相机
拍下小女孩的一串串笑声

为自己点燃一盏灯

梅雨疯颠颠地抽打玻璃
小女孩亲吻着
唯一的火柴。它能否点燃
最后的心

灯散发母性，在屋檐下
除了诗歌
灰蒙蒙的世界
远方在哪里？

癸卯年的正月初一

新年伊始，我的祈愿
和过往岁月的美好，融合一起
我们的每一天都有爱
有自由，有阳光，有蓝天

邻里大叔大妈见面相互问候
祝福新年快乐，安康
仿佛忘却了一个词——幸福

迎面走来一对父子，小男孩
板着沮丧的小脸，手里拿着一张
炮竹和烟花换来的处罚明证

一树白玉兰清浅的香气
替奥密克戎向我们道歉
无论往日经历了什么
清晨的阳光照在它身上
它是温暖的

紫　藤

　三月，是紫藤的恋爱时节
它们使尽全身的力气
给倒春寒披上紫色大衣

紫藤蔓下父母的忧伤
在儿女的笑闹声里
化为一缕又一缕阳光

又见紫藤开花

风从头顶吹过
又回到身边

春天里的花朵，开了落
落了又开

月光在河面上晃动
河水自东向西，没有回流

图书馆广场紫藤开花了
你还好吗？

一小片红

那是感恩节，树上
没有叶子可落
一场细雨，赶到……

凤仙绽放了一树的花朵
给灰蒙蒙的初冬
增添了一小片红

叶子落光，她也要
在你身上树一面旗帜

乌桕树

你穿着华丽的服装

走近绿轴水湾

一阵风吹响语言

一阵霜，一阵雾，一朵白云

装点天空的湛蓝

河水，蝴蝶和花草

迎来秋天的喜庆

大山与江河

在你的身体上轻轻颤抖

夏　魇

夏，烈焰试着化解

花岗岩般的思想

闪烁的星空

用无尽的暗示和预言

试图阻止

黑暗中的蝙蝠与蚊子

无休止的纠缠

九月三十日早晨

我在百汇阳轩民宿，隔着窗纱
看后院枣树上坠落的果子
围着蜜蜂箱飞来飞去的
心怀叵测的黑马蜂

我坐在一个古老的亭子里
大片金灿灿的稻田
向我的胸膛涌来。我入迷地
倾听稻谷此起彼伏的歌声

我站在开满野花的山坡上
想把远山的晨雾，天空的笑脸
和九月遗失的梦
寄给老家的你

寒　露

一场秋雨

桂花飘零

铺一地红艳

香未尽，露已凉

寒霜如雪叶片上

老屋旁的石榴

咧嘴大笑

显露满腹经纶

庭前秋菊酿的酒

香气扑鼻

只是不知，今年的酒

有没有去年的醇

雨　后

你从南走到北
又从北走到南
拖个行李箱，站在
一座寺庙门口

我看见
一只羽毛被雨水淋透的
孤零零的麻雀
在草丛里艰难地
一跳一跳
寻找着什么

我发现这只麻雀
就是我自己

雪

多年不见

潇潇洒洒来一回

一眨眼，跑得无影无踪

留下刺骨的寒光

天空越来越灰蒙蒙

像人间的无穷忧虑

河水一阵一阵涌上岸

嘲弄高枝上的枯叶

虔诚的佛教徒

一步一磕头

他们的祈祷比雪还白

早晨即景

　蓝蓝的天空，飘着朵朵白云
这是小学课本里的句子

群鸽在高楼上盘飞，娴熟地
变换着方队圆队纵队
它们是在嘲讽人类的笨拙？

一枝插在花瓶里的月季
开出粉红色的花朵，淡淡的清香
覆盖了整个冬天

雨季的影子

云朵伸出万千手掌，拧开
无数漏斗小开关，宣泄情绪
是一场湿漉漉的雨。谁
淌在积水满过鞋面的街道上
隐入灰茫茫的雨季里
池塘水位上升，水波荡漾
一尾尾鱼跃出水面，呼吸
沉下去，泛起满池泡沫
一朵朵睡莲，把溅落的雨水
凝成水晶，轻轻坠落池塘

久违的阳光，透出云层
你把银杏果与荷木兰的心思
置于水面，风摇曳美人蕉
踮着初夏的脚尖，亲吻
人间的影子和热爱的事物
雨后的余晖，一圈圈光环
折射在阁楼，散发色彩缤纷

你终于拧干艰辛和无奈的
雨水，一遍遍地擦亮了黄昏

鲁迅故居

桂花树下，明堂铜像
祖孙坐视
祖母持蒲扇，为
孙儿驱赶蚊虫

关于猫是老虎的师傅的故事
师傅教什么，徒弟学什么
从来没有人相信
老虎决心从善，不咬人

在族宗的层面上
文学与医学相比
文学，有着
拯救人类的更高造诣

面对黑暗的森林
锯子在你身上拉动

锯末和着血飞落笔尖

呐喊都被冻成冰

路过光明桥

风守护着光明桥两头的高楼

河面上风平浪静

再浪漫的鱼虾也无暇荡起涟漪

龙舟赛的吆喝声，渐渐远去

桥下，河滩上的

水草、芦苇、柳树

矮小，瘦弱，寡言

不想被赞扬和祝福

西北岸水心殿的佛光，照耀着

光明桥上芸芸众生的心灵

滚滚车轮一任清净碾过尘埃

留下斑驳轮毂痕迹

走近光明桥，我觉得自己

不配跟它靠在一起

索性把双脚伸进河水

洗却沾惹的尘埃

初 夏

——雨天杂记

1.

一对老夫妻公园散步
时而并肩，时而一前一后
丈夫放慢脚步
妻子快步赶上，说
老了，不如你
丈夫说，别忘了
我们都九十几了
雨声夹带着快乐远行

2.

同样是鸟，各说各的
同在林中，各唱各的
一阵雨水落在羽毛上
各抖各的，各飞各的

3.

雨中，两个钓鱼人
女人撑伞，男人提钩
桶里的鱼悄悄地
商量着计谋

4.

一枝石榴花开在
初夏的河岸
一朵荷叶木兰开在
枝头的雨中
各自纯粹，各自清新

5.

雨止，雾厚
看不到高楼，人间
再无高低

第二辑　意外

伤　心

芭蕉树下
两只鸡争抢着一条小虫
四眼怒对
展翅，跺脚
打，还是停战
谁赢，谁输
阳光从不关心这些

窗 外

两只沐浴晨光的鸽子
时而站在屋檐上伸伸脖子，弯弯腰
时而亮出闪电的翅膀，结队翱翔
时而安静地卧在花盆上，细喙梳理羽毛
生活本该这样
而我却胆怯地，躲在玻璃后面
嫉妒它们的任性和自由

流浪猫

一只猫站在屋檐上，变换着声音
示弱，哀怨，愤怒，求救，呼唤……
叫了一夜，一双蓝眼睛
在黑暗中散发着淡淡的月光

淤泥上的白鹭

河水选择了回避
淤泥暴露出河道的凹凸
午后的阳光递给河岸一张
发黄的宣纸，风轻轻地舞动

滨水街有了自己的思想
掌握着一个秋季的时辰
把卡布基诺与奶茶联婚的秘诀
汇集到蓝色的砂堆

我驻足，隔河注视白鹭洲
一树鸥鹭面对宽窄不一的河面
翩翩远去，河道上的白鹭依然纯洁
身体上不带一星点淤泥

意　外

被冷落多年。或许
它一直在酝酿
那场雪后，暴蕾

所有看似不可能的事情，诸如路边的野草
被你踩在脚下，或死或伤
来年春天，它又站得笔直

曾经，剑兰花朵艳丽
燕子从屋檐探头
瓷盆上，芳香伴随呢喃飘上云端

意外
只是一个托词

得瑟耍猴

小猴接住女孩抛给的鸡蛋
在蛋壳上找缝隙
引来观猴人的大笑

母猴的眼睛像探照灯一样扫视
不知不觉，拿了女孩藏在身后的玉米棒
站在树枝上得瑟地咬着

女孩惊讶，与母猴四目相对
母猴脸上露着诡异

人和猴子
谁耍了谁？

水晶吊坠

晶莹剔透的硬质圆盒

包裹着婀娜多姿的红珊瑚

像一个瑰丽的牢笼

囚禁着一个赶赴自由的英雄

一朵宛如初放的花朵

向着明亮绽放花瓣

但它不知道自己已经死去

还在朝有光的区域伸展触角

浅　薄

门口停着许多车，引起我注意的
不是那些豪车，而是一辆
快递货车，具有人间的温度
快递小哥，一边理着货件
一边打电话："对不起，您稍等
我已经跑了一百多户，今天真的很忙。"
这被雨水浸透的声音
带着歉意和无奈
我看着他在冬雨中消失的身影
想到他要跑上多少楼层
去敲开一个又一个门
那一刻，我仿佛和快递小哥一起
在雨中疲惫地奔跑

护草工

黝黑的发丝在阳光下闪亮

她矮小的身躯

原谅了工作服的笨拙

像原谅人世中盛气凌人的部分

绿油油的小草慢慢扬起头

原谅了踩踏和碾压

像原谅警示牌的静默

她眼里的忧伤

无力堵住骨缝里吹出的冷风

她和小草一起

原谅了生活中的各种艰辛

嗜　睡（一）

无赖的蟒蛇
把我当成拉奥孔死死缠住
身体在抽搐，仿佛一片弱光
沉溺于黑暗之中

你用自己的声音
说出这个世界的秘密
而我依然分辨不出
人间与地狱

百合花在黑暗中绽放
当孤独成为一座公园
光芒，可以
种植嗜睡的花草

嗜　睡（二）

无情的布匹展开纺线

紧紧地把我缝住，推进古老的结界

没有昼夜

没有亲人

我的眼睛包揽着幽深的黑

无法看清他人的模样

与自己争执

追听时间的深渊

黑沉沉的银河系

在云雾的呼吸中流过

故乡，有一扇窗亮着灯

弥漫咖啡和香草的味道

嗜　睡（三）

初夏，我像蟒蛇一样进入冬眠。
雨水淋落了片片鳞甲，穿过肉体
松软了骨架
仿佛不倒翁附体，东倒西歪。
泥土接受过季的种子，压住头部
头重脚轻，恰如弹棉匠
踩着棉花昏昏欲睡
我用双手拨开尘土，把眼睑撑开
露出困惑的眼神
一阵迟到的惊雷，能否震醒
我的灵魂

动车世界

在动车上读书，犯困

一些人从书中出来

有的下车，有的上车

他们说出的方言

与这个世界的一些事物，组成了

我似懂非懂的部分

车过了一站又一站

或许在某站

我错过了和一个好友的相见

风飒飒地翻开书页

文字间飞出一群群燕子和云雀

车厢像这个世界一样辽阔

身体的秘密

你举着手电筒
紧紧地压在我的身体上

微黄的强光在我的体内
燃烧一道火焰

白蚁站在没有树荫的高地上
仿佛要在阳光中融化

乌鸦把我当成一张白纸
厌烦似的把我推向深渊

正　骨

歪着脖子，甩着手臂

弯腰弓背，一瘸一拐的患者

排着长队

走进诊室

不一会儿，一个个

像挺直腰杆的正常人

笑呵呵走了出来

医生说，只要有脊梁

主心骨在，都可治愈

哭　诉

高楼灾难一样耸立
布谷鸟的叫声仿佛在哭诉
我掉进了厚厚的阴影里
找不到太阳，找不到天空
只看见几片薄薄的云
在慌慌张张奔跑……

苦与甜的勾兑

雨水落在吊脚楼顶

也落到我头顶

更多的落在导游身上

导游把我们带进

苗族阿婆家喝茶

阿婆不懂汉语，机械地

洗茶——泡茶——分茶

脸上没有任何表情

没等茶水凉下来

导游开始卖茶

苗族阿婆脸上闪过一丝

不易察觉的笑

假　象

夜，无月
桥梁虚幻，一个我栽倒河水里
河水荡漾
另一个我跳上了岸

无 题

天空变成薰衣草般的淡蓝色

霞光从母亲眼睫毛下透出来

凝视世间万物

凌霄花在公园各个地方

竞相绽放

蔷薇毫不犹豫地在河岸飘荡香气

你笨拙地舞蹈剑术

一切都是早晨

害怕黑暗

我和你一样害怕黑暗
太阳下山就睡。企盼光明
内心通透，一览无余

你丹唇轻启，却默默不语

说你美得短暂
给一束阳光，你就花儿般温暖

无人机与鸥群同行

好似一只白鸥

在瓯居海中雕塑上空，盘旋

一会儿仰首

一会儿低头

一会儿与鸥群同行

一会儿超飞

然后，索性离群

穿过瓯居光环，俯冲草坪

夜幕下，有一双手在操控人间

养殖场里的鸡

按时吃饭，按时下蛋
稳定，愉悦
见到主人咯咯咯叫得欢

被主人倒拎在手上的两只鸡
拼了命地拍打翅膀
小眼睛盯着这双熟悉的手

其他的鸡事不关已，只是低头啄食
从不思索：
是长得肥好，还是瘦好

通　病

好奇，或是诱惑

领取两张兑奖券

找个不显眼的角落坐着

客服经理调高麦克风声响

鼓掌，举手，发言，获奖

用这些词语修饰一个美丽的坑

兑奖券换取百分之百优惠券

预付百元，兑购一件

优惠达四千元的物体

构建了一个越挖越宽的陷井圈

一遍又一遍地重复

他们一次又一次站起来

掏出兜里的百元大币

整整一个上午，我没有读懂

无数人读过但没有读懂的兑奖信息

嗯，我多么佩服自己的耐心

宣　纸

宣纸，薄如蝉翼

厚不过脸皮

生熟比率不同

有纯生纯熟，有半生不熟的

即使被刀割，手撕

浑身碎骨

不会喊一声痛

任人泼墨抹黑

你忍辱负重，谈笑风生

黄公望——《富春山居图》

齐白石——《十三只白虾》

他们闻名于天下

你却被无数人改名

无人记得你的存在

你只是领奖台下的垫脚石

面对所有喧闹，冰冷，残酷

你始终用宁静的眼光

看待世间万物

三月的花

用了很长时间生长

用了很长时间开花

它让我想起一些奇怪的事

有时摸着它像柔软芬芳的泥土

遇见春雨

它像受侵的少女紧闭双唇

有时它像一朵飘在空中的白云

随风飘散到远方

那里，有没有人用千山万水等你？

桑葚红了

三月的最后一天
雨停了
桑叶绿了
桑葚青黄青黄的
我们说着紫色的桑葚
成熟的桑葚

桑葚，呼的一声涨红了脸

今天是个晴朗的日子

早起的鸟儿，啁啾
一片湛蓝天空
我跟随阳光拉长身影，与草地，河岸
虞美人，黄金万两，马缨丹
互为风景

我看着一个小女孩
甩着爸爸为她梳理好的辫子
一蹦一跳，在绿油油的草坪舞蹈
他乖乖地听从她的指挥

风掠过紫茅草，像谜一样神秘
它笑得拱成一道彩虹
阳光落在波光粼粼的河面
河水犹若向日葵一样金黄

瓯　塑

窗外，夕阳像金色的鸟笼
悬挂半空。鸟鸣摇曳着银杏树
晃得黄蝴蝶满地翻飞

课堂上，我们使劲揉捏着
儿时的泥巴，用红黄绿白……
塑造一个新的世界

万物在四季中奔跑
而我一直在寻找一朵
把冬天绽放成瓷盘的荷花

黄昏漫写

太阳切换成月光

紫色的云彩在天空布置一张彩画

树木和桥梁在河里的倒影

像一群仰泳的少年

40℃的夏天

因为这静美，让我们

有理由对那些没有规矩的蛙鸣

表达宽容和原谅

前　景

堂宝爷做珠宝生意

家中唯有的儿子叫贵子

我们都叫他贵子叔

堂宝爷走后

他抱着堂宝爷留下的珠宝

哭瞎了眼，前面一片漆黑

只能依靠导盲犬引路

走着走着，导盲犬往前一跳

他掉进坑里

再也没有起来

公园里

一只麻雀在下水道泅泳
溢出的污水从耸立的烟囱排出

黑压压的太阳帽遮盖山峰
一片倒影在山脚下晃动

风吹着紧闭双唇，正在
一心一意萌芽着含羞草

鸟鸣把两条平行的跑道
折叠成几何状

蝴蝶闻到花草的尴尬哭声
展开翅膀驱赶石头的谎言

白鹭看见乌云坠落湖面
心中堆满了鱼骨

红色酢浆花

像星星洒落人间，花坛
草坪，路旁——
低头能见。你走过
请轻轻的，不要踩痛它们
它们，闪耀着自带的光辉

多少人羡慕玉兰、桃花、梨花
它们站得高高的
需要我们踮起脚尖仰视
一场春雨，欢欣又决绝
像是一次告别的盛典

我多么像冬天里的酢浆草
没有一片花瓣可落

格　局

鹰低飞猎食

路过一只公鸡身旁

公鸡逢人便说

它比鹰飞得更高

保卫者

母鸡用翅膀护着小鸡，躲在
大公鸡身后
大公鸡的头像探明灯一样
左右转动
小眼睛警视着前方
几名游客走近它们，指指点点
公鸡拍展翅膀
发出严厉的警告

在这网红打卡明星民宿村
一片芭蕉叶垂落在鸡圈围栏上

高烧时刻

滚烫的夕阳
燃烧的沉默，脑壳中
那些随着太阳滚落的碎片
砸中冰冷躯体的每一个门户

几颗并不明亮的星星
透过云雾闪出的光点在眼前，忽明忽暗
长江被压抑的潮水涌堵心头
瞬间江堤坍塌，泄愤大地

黑暗森林里，不断传出
乌鸫的咳嗽声
银杏枝丫上的知更鸟
惊慌失措，

苇草抱着风呻吟
一只只黑蚂蚁把自己塞进口罩

两只远飞的信鸽，从此

逃过了人们的仰望

摘广柑

一半长在院墙内，一半在墙外
梯子在移动
广柑一桶一桶装满

广柑外皮青涩
枝条带刺
路人说：这柑很酸吧

吃过的人都知道
甜是一种时光
是梦多一些，还是生活多一些

变　脸

突然间，乌云
把天空压低，压低
空气中弥漫着似有似无的气体
门窗紧闭，高楼喘不过气来
风中的鸟儿逆向飞翔
在大地上修炼了千万年的灵鼠
抱着一堆填饱肚子的零食
躲藏在地洞里
一些人戴着悟空八戒面具
跳广场舞

如此，才能配合这世界的
乌云

沉默是金

蚂蚁因为小

没有被大象踩死

蜻蜓因为翅膀透明

没有被鸟屎击中

一只乌鸦低飞

想告诉我什么，欲言又止

我保持优雅

将沉默的金，献给黑土地上的人们

一片叶子落在鸟巢里

一片叶子落在鸟巢里
盖住两只还没长出羽毛的幼鸟
没有经验的鸟妈妈
惊慌失措
在空中跺脚，大呼小叫

一起爆炸性新闻
——某国元首及第一夫人
得了新冠肺炎
这事跟叶子落在鸟巢里
毫无关系

万山草堂

几声鸟鸣
悬着空中

桥下，一间不会引起过路人注意的老屋
四周长满绿色的植物

一缕阳光从窗外走到窗内
静静拉长边线

一盏古老的灯光照亮
民国旗袍的思想

窗外，那棵松树提着鸟笼
往秋天的深处推进

古村落游记

我们开车在山间绕行

车轮一个踉跄

滑进山村的夜

清澈的溪水

把库村割开两个时代

北岸的矮土墙、土石屋、卵石路

心事重重地低着头

微暗的灯光怯怯地点亮

历史的内敛和宁静

南岸的高楼和汽车像要飞起来

广场舞和红灯笼争夺着风流……

此刻，流水牵着我们的手

它要我们扮演怎样的角色？

雨山湖

站在双虹桥上
望着空明如镜的湖面
雨山苍茫的倒影中
帆船在水云间穿行
几只白鹅悠闲地飘游着
红掌不断拂动
这湖的柔软的内心

此刻你已然忘记自己是在
风景中还是风景外
你会怀疑自己正穿越时空
来到唐朝的马鞍山
与一群才子佳人
吟咏唱和在雨山湖上

你久久地陷入这
庄周梦蝶般的遐想

当一阵阵鸟鸣穿过

清香扑鼻的玉兰芬芳

你惊叹于自己竟然

记不起家的方向

和来时悠长的路

巴茅高过我的头顶

巴茅
古人用来做车篷、船篷
或者编织背篓，用来装
简朴的生活

也用来做屋顶
半山坡的茅草屋
长满了岁月的皱纹
老人们汗迹斑斑的日子
飘浮在空中

山路十大拐
鬼鬼祟祟绕着山腰转
日光正好点亮双河岭的
风情和人性
从山间穿出的五彩斑斓的风
装饰了错落有序的农家院子
先人的足迹

把山村描成一幅幅画

　岩石上的马蹄印记，固执地

在诉说着什么

蛇一样弯弯曲曲的山路上

杂草们在想着

谁也不知道的心事

驼铃声远去

荒凉的巴盐古道上

那疯长的巴茅，高过了我的头顶

夜游凤凰古城

沿着沱江，走走停停
吊脚楼的灯火连成一片
苗族服饰上的银光照耀着风雨楼
倒影汇集江中，流光溢彩

我们拍照，听苗歌
我们说江船上的红衣少女
没有了翠翠眼里的清澈
千年跳岩，静默无语地
送走一个又一个朝代
送走一个个神秘的故事

在重庆吃火锅

取一段闲暇时光，相聚山城

几个发小围坐在

九宫格锅汤旁，给回忆

盛上火辣辣的青春

左手拿旧日的酒，右手夹丰年的牛肉

把往事放在锅汤里来回涮

一张嘴，满口的涩辣香味

锅汤沸腾，热气飞扬

坐在我对面的荣和彬

满脸的笑容和水珠

水珠顺着眼角纹路往下淌

隔着一层烟雾

我看不清楚是汗水，还是泪水

当然，每个人调的蘸料不同

吃出来的味道也不同

春天，罗山琴社开满了金银花

——兼致二师兄

春天的罗山琴社
暖风在古琴上跳跃，歌唱

穿过消瘦的时光，他右手轻抚
柔韧的七弦，左手擦亮天空的星辰

散发着浓郁茶香的陶壶
在厅堂的泥炉上，不断涌现热情

你们围坐在旁，品茶诵经。
我沉默，想起几年前赠他的金银花

阳光驶过屋檐，光芒照亮牌匾
漫长的藤蔓开满金黄色的问候

第三辑　非常人间

想和爸爸一起吃猫儿柿

那年我们回老家
一篮子猫儿柿陪着我们
可爱的桔红色，可爱的小个儿
像从童话里飞来

剥开猫儿柿
它流出两行清澈的泪水
我仿佛看到
老屋门前溪水将石头
勾勒出层层叠叠的皱纹
村口积雪中，两位老人的脚印
像苦难一样清晰

你去哪儿了？我守着
一篮子猫儿柿
想和你一起吃——猫儿柿
甜糯得让我们笑不出声

父亲，今天是你的生日

思念像星星，闪烁得
我两眼汪汪，无法看清
沐浴在月光中的那张脸

大寒，故乡
飞扬的雪花，飘落在
你的脚印上

茶山林里的山兔与
由远而近的春天，一声声呢喃
父亲，那是我们在交谈

父亲的勋章

简洁，却沉甸甸
像太阳，闪射温暖的光芒

山还是那么高，路还是那么长
岛屿沉默，青竹沉默
唯有桥下的浪涛
日夜喧响着

山坡上每一朵盛开的杜鹃花
都像一枚勋章

爸爸，我梦到您了

这么多年过去
我以为自己不再做梦
在这特殊的日子
我又梦到您
但我怎么也看不清您的脸
爸爸，您笑了吗？

今年清明，太多的雨水
掩埋了那条泥泞小路
我为您准备的菊花
在我的书桌上垂下头颅
爸爸，村口的茶树花又开了
老屋墙上的思念，又厚了一层

爸爸，我梦到您了
您还穿着那套旧制服
看不到您往日的笑容
爸爸，您在那边累吗？

您在西方路上已经走了很远
换上袈裟，跟着唐僧去诵经吧

爸爸，我想您的时候
托风儿把思念送上云端
您想我的时候，翻开手机
读我给您的信
爸爸，我仿佛看见了您的微笑

妈妈，我想带您回浦江

妈妈，您已躺了一百五十天
骨头也酸了
我站在床前，多想扶您坐起来
可只有三十分钟
只能轻按您麻木的肢体
与您十指相扣，握紧您的手

高速火车浦江站八月通车
温州至浦江只需四十分钟
妈妈，快点好起来吧
我带您回浦江，替父亲
探望时代变迁的故乡
您脸上露出了开心的笑容

又是一年的小暑节气
今天，白鸽从浦阳江边飞出
半个多世纪过去了

划过天穹的光阴知道吗？

妈妈，那道白痕还看得见吗？

母　亲

我不会编织毛衣。
母亲用一根线给我织毛衣
直到……以后

我发现自己手上，也有
一根线，学着母亲的样子
努力给儿子
编织最温暖的毛衣

我手上，始终有一根
母亲牵绊着的线

我睡在你的梦里

——致母亲

清晨醒来，枕旁
一朵带着香味的笑脸
在雾里悄然绽开

探　视

母亲躺在 ICU 病房，抓住输氧管
仿佛抓住一根救命稻草
蓝白条纹棉服下藏着一颗
用旧的心脏。我站在她身旁
一声声喊着妈妈
她没有回答，睁开右眼看我
她曾对我说，在人世
要睁一只眼闭一只眼
面对困苦……抬头，看远方
她不知道什么时候丢失了远方
我怕……怕她最终
丢失了我

镜子盒

镜子盒掉落地面，一声响
撞痛我颤抖的心。母亲失明
用手摸镜子。她摸到镜子的裂痕
像摸到时空的碎片

我没有打开盒子的盖
希望它仍是一座幸福的宫殿
清澈透亮的时光从镜前流过
虚构一个美妙的世界

鸟　鸣

你一张嘴，把嘴里含着的意义
掉在树梢
风一吹，问题摇摇晃晃撒落一地

我找不到正确的答案
事件的眼睛里闪烁着黄昏后的珠光

一个少女由近而远
渐渐不见了踪影
一个老太太牵着过往的日子，站在
树荫下，期待远飞的鸟儿归来

写给大雪

那年除夕，你以你的任性

隐藏了那条通往村里的山路

你一会儿像一场场梦在天空飞扬

一会儿化成谜语挂满山岗

我在你布置的迷宫中走啊走

整整十小时

比一个世纪还漫长

我仿佛自己也变成了雪花

满世界飞啊飞

固执地寻找故乡和亲情

在港口凝望

夜色将东沙港描摹成一幅
思念：围墙，石屋，小花窗
在月光下漂浮

对岸的你，来或不来
秋风总是在港口等我

思　念

我们用红绿彩色笔在你门上，标注了
门牌号，方便邮差送去我们的思念

杜鹃花开在春天的南炮台山上
渲染了半山腰湿润的父爱

浪涛再汹涌，潮汐也有进退
但没有一条河流能回溯到自己的源头

远方一艘负重小船，艰难而又
执着地，驶进迷茫的群岛

在风雨经过的路口，我们辨认
忧伤的雀梅藤叶，没心没肺的艾草

太阳在绝望地坠落，我看到了
它最后的光芒

清　明

一场冬雨倾盆而下
淋湿了初春的衣裳
惊慌的麻雀，嘶鸣不绝

白色的气体，缠着云朵
雷打不散
孤寂的灵魂
厮守着一棵菊花树开花
却不知今年
乱了季节

阳光在母亲的眼里打转

守住秘密

祖坟上空降的旧报纸片

像一根导火线，燃起熊熊烈火

燃烧一片野草，滚烫的草灰

落到你身上

戴高帽，游街，批斗

莫须有的罪名

是你双腿残疾的秘密证词

小女孩往灶堂里塞柴火，烧红的空锅

发出的呼喊声

是我们倾述的心里话

那些忧伤，困惑……

世事难料，少年懵懂

守住一位老人身体的秘密

我是怎么做到的？

非常人间

一阵狂风卷席而来
满地桂花四处躲藏

姑娘们卸去浓妆，戴上口罩
异地牌照的物种在学校门口排成长龙

寒流从北方传来虚拟信息
白云层层叠叠在山尖等待日出

神奇的蝙蝠侠添加新装
昆虫专家又有了不同代码的研究

秋天在稻田里徘徊，迟迟不肯离去
柿子树托举着红灯笼

汉字撇下远方一词
我进入禅房修炼，不再窥视窗外风景

那个来过三门的男孩

白鸽飞走
人留下了
桔子林与人作伴
风雨起，你纹丝不动
注视着白鸽飞的方向
我乘风来寻找
一位诗人的笛声
打断了人与白鸽的对话

蓝天，白云，碧海
都与你有关。我就要离开了
白鸽的白，以及
那个来过三门的男孩……

午 茶

饭后，泡了一壶普洱茶
给他倒了一杯
我们坐在飘窗前
窗外一树芙蓉
开得好轻，好轻

散步记

散步星夜，风吹过夏日

语言已经多余

这世界

昆虫的鸣声不绝于耳

多好啊

我们坐下来饮茶

静静地

有时，我们像海鸥

有时，我们似雕塑

雨　夜

独坐窗前凝望
雨水不时飘到脸上
街灯昏晕
朦朦胧胧照出藏有心事的老宅

客堂上，那把古琴
把星星揣在兜里
守着黑，有了年轮的芙蓉
片片叶子翻飞夏的路
荷叶上的露珠是蝉的泪

夜很静
老宅的心事，像一条悠长的小路

模糊的足迹之上，又有了
一些清晰的脚印

写给落地的紫砂壶

曾经承诺，带你走进养老院
相伴到老

我和你一见终情
我们一起走南闯北
我在你的心上写
怡人的诗篇
让你渐渐变得亮丽，可爱

却不知今日失手
一地零碎

中秋夜宿百汇阳轩

月色字典中跳出一个字："阳"
脸颊绯红，浑身酸痛
像醉了酒一样晕乎
稻花溢香，蝉虫鸣秋，嫦娥奔月
我全然不知。清晨推开门
枣树上三两果子落在脚前
就像
昨夜的月光碎片

探望九十高龄的姨妈

伴着鱼虾生长的海草
被涛声拉长了日子

晒在百香果架上的余晖
紧紧缠绕相互依偎的藤

盛夏一束微风细雨
悄悄滋养血脉相连的根

记忆在撒满岁月白霜的季节
述说经年的你你我我

我漫步在古老的沙滩上
寻找遗落的笑声

祭　祖

外婆按闽南风俗，将熟食
端放在八仙桌上祭祖
小时候的她好奇，违禁
站到先祖客座椅上偷吃祭品

烛台的光，照在
她与先祖抢吃祭品的唇齿上
小脸蛋，火辣辣的

站在门后，拿米筛
罩在脸上，睁开
双眼，看得见
围坐在八仙桌旁的先祖
一个个慈眼善目

眼　疾

电热、按摩治疗眼疾

医生说，你闭眼或睁眼都可以

小时候高烧昏迷

医生诊断为肺结核

在那个年代，是绝症

寒冬长夜，病房灯光昏暗

像太平间一样阴冷

父母悲痛欲绝，唯有苦苦守护

外公断言误诊，请来民间中医

把脉点穴，灌服药汤

渐渐发了麻疹，微微睁开双眼

仿佛看到了一个崭新世界

半个多世纪过去

后遗症作怪

我既害怕黑暗，又畏惧强光

我不愿意同时睁开双眼，或是同时闭眼

我习惯了睁一只眼闭一只眼

眩晕时刻

谁撞击了火星？星花四散
光泽极速消失
黎明前的黑暗
在空空荡荡的躯体中翻滚

天空朝着逆时针的方向转动
脚下的石头也在激烈的摇晃

一只丢失了翅膀的蝴蝶
在风中旋转
深奥的实验室里，灯光灰暗
白老鼠的眼神暴露出
它暗然和虚幻的生活

月光穿过层层叠叠的雾色
让柔和的空间，治愈我的眩晕

高烧时刻

夕阳滚落
燃烧沉默的岩石

几颗星星穿过云雾，忽明忽暗

压抑的潮水拼命撞击着
我心中的堤岸

从黑暗森林里，不断传出
乌鸫的咳嗽声。知更鸟惊慌失措，
踩着片片落叶而逃

被河水围困的苇草抱着风呻吟
一只只黑蚂蚁把自己塞进口罩
不敢喘一口气

除了两只已经远飞的信鸽
没有谁能逃过这一劫

中年烤火

风干的旧木头遇到火种，劈哩叭啦唱起来
多彩的火焰在泥炉上升空飞扬

光阴在茶花树下荡漾秋千
腊梅向大地倾诉走到春天的易与不易

星星踮起细细的脚尖
在高脚杯里表演禅舞

没有月光的夜晚，你在田埂上赶路
猫头鹰和田鼠用它们的呜咽把你阻拦

视线越过火光，凤尾竹托举空气的波浪
越过院墙，蓝色阴影在春寒料峭中颤抖

火盆里烤焦的红薯，多像我
——在苦中逼近甜

墙角的月季花

刚换下厚重的防寒服
墙角的月季花就开了
摇曳一片梦一样的色彩
她最喜欢妖艳的那朵

它带着一墙月季花在阳光下摇曳
摇曳得越凶猛，她越兴奋
甚至，她也跟着摇曳
花瓣摇曳着摇曳着
把自己弄丢了

她摇曳着摇曳着
她会把自己弄丢吗？

带刺的花朵

她在家门口种了三种花

三角梅，月季，仙人掌

全都长刺

集明亮、锐利于一身

即使再强大，它们也不会服软

即使再亲近，它们也不会顺从

一有风吹草动，刺

深深扎入她的手指

痛，并快乐着

她乐此不疲

广柑和枇杷树

你在院子里种了广柑和枇杷
两棵树紧挨着，像一对亲密的兄弟
广柑树根深枝韧
果子外皮粗糙，内心柔软
枇杷树叶大，张扬
伸出手搂住广柑树

广柑的果实，圆圆的
像彩色的小灯笼挂满树枝
你说：种广柑树好
果肉善解人意
为什么不说枇杷呢？莫非
它用甜，伤得你哑口无言

老屋前的广柑树

看落日，一半
遮住老屋，一半
落在广柑树上

夕阳催熟果实，剥开它
粗糙的皮，给我们
榨一杯冰镇果汁

摘广柑时
别让刺扎破手心
你的痛会移到我的身上

一串变异的葫芦

开局：
穿着蒲瓜南瓜冬瓜的外衣
说瓜不是瓜，没脸没皮
壳硬心虚
唯有那个蒂，缠着一根藤
风一吹，叮叮当当响不停
你挤我，我踩你
躲在巷子里，又想出风头

结局：
济公的酒壶
村妇的水瓢
即使摆进文人的案头
人们给的赞美，无非是
不知道这葫芦里装了什么药

失　眠

我喜欢在白日梦里飘荡
喜欢和冷漠的楼房对话
喜欢和严肃的大地拥抱
喜欢和狂风谈一次无影无踪的恋爱
我讨厌隔壁阿炳的二胡曲，跑进
衣服，脖子，耳朵，心里
讨厌昏晕的街灯，把巷口堵死
我拒绝掉入黑暗的井底
我要抓住井沿，仰望蓝天

初　三

风行河面
河水抚慰青草
石头在开花
丢失的光阴似一支剑刺痛心肺

我站在桥上看河水
看虚无的风
我读过的书，写下的文字
无法将时光停留

生活在生活之外

女孩没有故乡

外婆说，女孩没有故乡
我将信将疑
我妈妈把我生在
这个世界上
我从这个世界，走向
这个世界，越走越远

我爸爸有故乡
他把故乡随身携带
带到这个世界，又带到另外一个世界
没有留下故乡

我丧失了继承权
我把我所有的，一切的世界
像抛撒骨灰一样，撒向大海

约茶，及其他

老家来人商谈事情

约在公园茶室喝茶

不过处的河边，坐着一个钓鱼人

不断地甩钩提钩，把河水搅得

不能安宁。他捣鼓半天

鱼桶依然一眼见底

他仍不死心，继续折磨着河水

好似自己就是河神

茶叶从杯底浮上水面

茶汤清澈像明镜光亮

相约上河

再不回忆
担心就要忘记
再不回去
恐怕真的是远得回不去

童年种下的脚印长出了双月
月光渲染了罗源江
鱼鳞坝像镶嵌彩钻的一顶皇冠
闪耀着七彩光芒

古老的丁字桥在光景中
让你放慢脚步
古道，石巷和书院
你可听到有你的朗读声
穿过马头墙

夕阳，落在林间
玫瑰的芬芳溅出了

群山、河流和古老的历史

月亮照旧升起

石头照旧，忘记了歌唱

坪上看日出

雨后，上山
在分岔路口
有人去了竹林讲寺
我去了坪上看日出

青山在云海中游走
云雾绕着山尖
由远而近，忽闪忽略
我们仿佛身处仙境

一片片黄金光
在东方叠起
瞬间，红光将它推高
浮现出一片红海

屏住呼吸，等待
一轮红日缓缓升起

静谧，静谧……

时间犹如世界的初始

夜居坪上民宿

没有月光，没有鸟鸣
竹林，黄桃园，青瓦粉墙
民宿的火光点燃一个即将消失的村庄
虽然方言晦涩
六百多年的历史故事仍在夜空飘荡。
我站在民宿门口的观景台
望着远处山峦，一片漆黑
青山睡了，野草醒着
泉水睡了，木槿花醒着
疲惫的游客睡了，诗人醒着
此刻，细雨在抚慰大地的心灵
云海深处，坪上的寂静，震耳欲聋

塔山的初夏（组诗）

1. 龙德寺

记不得多少次经过塔山

透过车窗

没有看到龙德寺

只听到钟声

忧伤一样

穿过了我的早晨

2. 塔山上的野草莓

哦，晚春的新娘

你上塔山干什么？

提着凉鞋

穿过草莓园

台阶有多高

你就让我有多担心

3. 松鼠

我在塔山上见过松鼠
它在树下吃果子

父亲走得很远
我听不清他说话的声音

很多年以后
我回到家乡

看到松鼠，像小时候
父亲和我说起的那个佛陀

第四辑　紫色旗袍

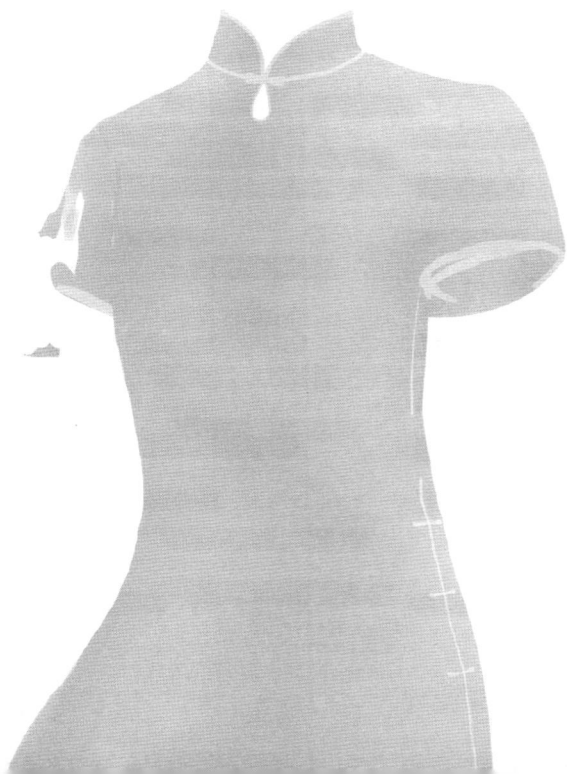

红石滩

即使汹涌的浪涛倒影在海里
也是洁白而纯真

我坐在红石滩上
没有化妆，脸对着太阳

紫色旗袍

母亲为我量身定做的紫色旗袍
封存了五十五年
阳光融化茫茫冰雪
我穿上它，在岛上
看莺，发现大海在我身体上
插满了翅膀

回望石拱桥

溪水与潮汐的进退纠缠不休
阻断村庄的去路
坚硬的石板谦卑地弯下腰
在溪涧与大海的汇合处
将此岸与彼岸相连接

每天，都有许多
不同颜色的虾兵蟹将
在你背上经过或横行
有时，空中飞翔的海鸥
收拢翅膀，在你背上歇歇脚

你奋力拱起的弧线
仿佛一道彩虹
可惜，一旦入了某双法眼
你将是一块无语的石头
要么被做了垫脚石
要么被埋进大海

消失得无影无踪

终于明白，你

一半是巨大的谜

一半是厚厚的史诗

在海边

沙滩种草。海水浇花。

月光深藏大海时

海螺，藤壶，草虾爬，岩蟹

悠然自得地窝行

它们根本不理会

焦虑的天气，布满雾霾的人世

它们对那些欲言又止的嘴脸、装模作样的姿势

不屑一顾

浪　花

一个一个手拉着手
从大海到岸边
洁白，纯粹，轻盈
一朵朵开放
像发小，同学，战友
各有风姿

每天那么多浪花
飘飘洒洒的四处散落
在童年，在船间，在路上
随一缕炊烟飘去

我在岸上看浪花
看着看着，认不出自己是
哪一朵浪花

情诗巷

这是一条 S 型的巷
巷子不长，步行只需五分钟
过去是捉迷藏，踢毽子，跳楼梯，老鹰捉小鸡
眼前是一墙的诗句

在鱼腥味里
我回望屋檐下那排瓦片
像雨巷的油纸伞
还在为顽皮的童年遮风挡雨
外婆老屋上稀薄的炊烟，在风中
四处飘散，越飘越远

黄昏，从巷子的西口到东口
都闪着黄金光
转角处，一盘半枯的凌霄花
更换了往年的石板凳

咖啡屋灯光昏暗

弥漫的浓香，给这条古巷
增添了一层神秘和温馨
我回望，它好像
一首诗中间的标点

仙叠岩

人过留名

雁过留声

神仙路过东海，在南山

留下一块古怪的方岩

脚下涛声滚滚

你默默不语

从亘古站到今天

黄屿岛礁

藤壶，佛手
来一波，走一波
唯有沧桑留在岩石上，坑坑洼洼
潮汐埋怨月光走得太快
阳光和沙滩总是聚少离多
浪花的轻声细语，未必当真
台风来袭，照样压过你的头顶
坚硬岛礁敌不过柔软海水
漂亮的木舟在港口荡漾
我不忍触碰，那些长出新芽的海草

只为，那些贝壳里的寄生蟹
它们正——入水行走，悄然无声

另类大海

它的善良肯定别有用心
它在为谁表演？

当我们无意触碰暗礁
它炫耀着：我多么聪明
知道进退。大海
不肯伸出一枝海草，拉一把
即将撞上礁石的船只
好让它们走进未来的幸运
它指使浪花：你带走沉船吧
它们将是不朽的千古宝藏

大浪过处，有什么被拖进海底
是湛蓝的善良让我们一再高估了自己

沙滩之夜

没有喧嚣，月光黯淡
适合喝茶，看海

指尖升起的炊烟替代了少年语言
无花果茶解渴，安神。山岗灯带

倒影海里，仿佛山在海里游
鱼在山岗穿梭。每一个潮汐的

潮涨潮落，海浪总要带走
一些沙子。浪涛时而高歌

时而低迷。没有小螃蟹横行的沙滩
只有紧紧靠在一起的鹅卵石，只有我们的

前世和今生。一艘游艇
从我们眼前飞速而过

东岙的早晨

一对狮子卧在红石滩
晨起的潮汐把码头抬高一丈
孩童卷起裤管与成群结队的
小鱼虾，捉迷藏

无边的湛蓝，在一个个故事中
蔓延

生锈的鱼

天空阴着脸

围垦内海的水域，寂静得

能听见水面波光的声音

一只在荒草坪上沉思的白鹭

望着对岸栈桥围栏上，一条条

生锈的铁鱼

它的眼神透露出的忧伤

比坐了一个早上

没有钓到鱼的钓鱼人

更像极了光阴

柴火饭

厨房里的煤油灯

落满了烟灰和火柴棍

火钳站立在土灶边上

门口的蜘蛛，不进也不出

张着网像在兜罗往事

我想告诉你，儿时的我们

嗅觉像狗一样灵敏

嘴巴像猪一样馋

今天天气真好

我可以在土灶旁坐下来

独自想念柴火饭

回望东岙

在我的记忆里的一座江南小城
石墙黑瓦，鹅卵石路
溪水穿过浪漫，在石拱桥下
与潮汐一场摔跤，走进大海

大海与月亮缠绵不休，时而退让
时而高歌，欢呼，跳跃，呻吟
住在岸边的人们见证大海的喜怒哀乐
夜夜枕着涛声入眠

虔诚的信徒放弃焚香和诵经
让孩子们清晰明亮的读书声
歌声、叫喊声，像一束束阳光
穿梭在陈府庙四周。我突然发现
我也是一个出走陈府庙的孩童

如今，满街的情诗墙
古今合璧小酒馆，咖啡屋

熙熙攘攘的本地人和外乡人
还有码头上鲜蹦活跳的鱼虾
银河上的成人礼，鹊桥仙会……
这一切，构成的一幅诗意山水画

晨起的阳光叫醒了半山民宿
携手农家乐穿过码头推往沙滩。
百年渔家古巷演绎《温州两家人》
聪慧的渔夫用快艇的链接
将渔村与整个世界连成一体

消失的黑岩石笔架

坐在沙滩，忆少年往事
目光在黑岩礁上来回扫描
浪花依旧两次小，一次大
没有思考，冲向沙滩，礁石
瞬间洒落，回到原位

无数次的重复。无需泼墨
千年本色不变的黑岩礁
与砂子鹅卵石紧紧地
仿佛在构建一堵墙或一项规定

早于村庄的黑岩石笔架
没有征兆，没有理由
在一个没有月光的夜晚，消失

注：东岙渔村港口有两个天然不同颜色的岩石滩，东
边为红石滩，西边为黑岩礁。黑岩礁上有一座型似笔架的
天然景观，后来遭到人为破坏而消失。

元宵算卦

猜灯谜燃焰火，卜卦
预测未来。在自家的佛坛前上香
到他人屋外听语意，听到
小女孩说，妈妈蜡烛熄灭了……
谁能像医生把脉一样，判断事物阴阳
那年她家的商店倒闭了
是否存在隐秘魔力，无法考证
人们都相信了时光

走进不一样的春天

渔灯，从心愿中诞生
我穿过古巷
一路采集春天的花朵

在港口，渴望被神青睐。
像一只沙蟹，漫步在三月的沙滩
或深或浅的脚印，也有花开花谢的模样

时间在海螺背上翻身
小男孩和妈妈踏着浪花
在父亲镜头里，春天被重新构思

路过古老渔村

阳光照进车窗，我凝视
一个名叫破岙地的渔村
那里有外婆的故居

走进渔家古巷
巷口挂着"情诗巷"的牌匾
我寻找古老的池塘，走失在
新建的楼群间
左绕右绕，绕不到出口

当阳光在安静的土地上
指手画脚，导游骄傲地仰着头
仿佛他才是这个渔村的主人

消失的鱼油厂

鱼油厂，已经是一个被雨水冲洗干净的概念
戴着斗笠的陶缸，已经沉入海底
空旷落在大地，浓缩成月色
映照披着珍珠龙袍的待嫁公主

我们行走在大石头岙底的石板路上
当年晒油工，在晒鱼油缸里搅拌的清脆声
回响在夜空，海风送来鱼露的喷喷香
此刻，一条紫藤粗细的幼蛇
在我们脚步左右，缓缓移动

想必，它知道今夜会有人来凭吊
预先出来为伤感者引路
也许，它的祖先就是五十年前
鱼油厂的开创者

在空旷的黑夜，水泥楼房比移动到
黯淡云层后的月光更虚幻

只有这条石板路，像根骨头

硬度尚存

遗失的池塘

一双双小脚丫，追逐
蜻蜓在水中的影像
风与光的波纹晃动
泥潭，水泽，湿鞋
谁也不担心
谁也不想离开谁
直到肚子饿得咕咕叫
摸黑归家

池塘失踪，田园荒凉
麻雀呼叫，挣扎
无数稻草人失业
满塘池水何处去?
陈府爷庙前
香客匆匆别过

黄昏的天空

太阳的天空是蓝色的
大海的天空是红色的
在我的眼里
天空是青春色
那里的木舟在飞舞童年
鱼儿比玻璃透明

外婆家门外

童年的故乡。四季涛声
携带着轻柔阳光
覆盖心尖

在沙滩，一朵浪花捧着
一把沙子，一把沙子围着
一块鹅卵石，童年朝着大海飞翔

我们再度唱那支童年歌谣
就会听到绽放在岩礁上的花朵
在潮湿的岁月在哭泣

当年经行处
终究是回不去的地方

赠友谊、元安

与你们不期而遇
不是在炎热的夏天
而是在秋风和煦的日子

鹅颈藤壶，海石鳖，牡蛎，甜螺们
站在浪潮退却的礁石上
像打胜仗归来的勇士
充满欢乐的涛声
为我们的重逢欢呼雀跃

没有一帆风顺的人生
经历了蒲公英一般的青年和
岩石般沉重的中年，终于发现
时光才是见证人，每个人的丛林里
都有未被允许而入侵的
一些虫豸，一些风暴

捡海螺小记

暑期结伴去海口捡海螺
她们捡大的，我捡小的
偶尔海浪带走螺钩，送来哽咽和欢笑

捡海螺的人越来越多
海螺越来越少
岛礁渐渐老去
海浪喊出的涛声，往往是岛礁的呼唤

那些走失的海螺，去了远方
儿时的玩伴早已过了中年
看见大海，总会有一粒海螺
在心里成为一种忧伤

大石头

它不是一块石头
是一个村庄
一个会开花的石屋村庄

它不是一块石头
它是一个瞭望台
观察港口船舶进出和风浪变化

它不是一块石头
它是一个情报站
及时传播天气预报和渔民归来的信息

它不是一块石头
它是一个被遗忘，又被
想起来的人

心　愿

我想要一个晴朗的秋
天空没有乌云，鸟儿飞翔
我想要一个温暖的回忆
青涩的少年，在东安桥上
吟诗，抚琴
我想要一个丰盈的人生
沿着灵异行走，溪水洗却尘埃

荒破岙

立秋前的傍晚，我们在荒破岙。

我爱这些历经磨难保留下来的黑岩礁，还有与它们不离不弃的水丁螺，藤壶，牡蛎。

三个六七岁的小女孩在礁石旁挖沙筑坝争输赢，仿佛我们童年的一幕浮现在眼前。

也许她们还不知道，当海水涨上来时，垒得再高的沙堆也将趋于平地，回到原始。

只有到了岸上才发现：光阴是唯一的赢家。

我中找我

人物肖像展室有两百个我
每个我都在述说我的
成功，失败，遗憾，感悟……
我把所有走过的路，印刻在皱纹里
把承受过的苦难和欢喜，抛弃脑后

我的脸上没有脂粉
高鼻梁、小眼睛、厚嘴唇堆积成
我的细节和段落
时间把我编辑成一部部小说
一篇篇散文或者一首首诗歌
我越过上帝的旨意，在
我中找我。我辨认，比对，删除
他对我说，我中没有我。

我想，我中必然有一个我
是曾经的我，或未来的我

一臂之距

登上避浪港海洋公园顶端
沿着一缕晨光向东眺望
那道光像拧紧的绳索松开
两个三角形连接一起的岛屿
——虎头屿，渐渐浮现
我像偶遇老友一样开心

我们攀岩种植的姐妹树
是因为我们离开，树就夭折
还是树夭折了，我们才离开
有些事总是没有答案

涛声依旧，守岛人已远去
危险和安全同在水平线上
穿越虎口巨浪，生死没有悬念
踩过同事头顶，攀崖爬壁
送粮送水，点亮东海一束光

我在乎虎头屿灯塔

出海的人能否在黑夜找到回家的路？

我们凝视，无声

我伸出右手，指尖抵住虎头屿

往事只有一臂之距

观　泳

当你一跃入水的
那一瞬间
一只苍鹰从你的眼帘
倏然划过
翻腾盘旋在
天幕之上

那舒张的羽翼
在你心里
投射出万道霞光

只为让你和世界
一起灿烂

一丝风也吹不进

堆放在墙脚的鹅卵石
你挤我，我挤你
相互摩擦，有时磨出火花
燃起熊熊大火
有时喊出比雷鸣还高的声音

我思量着它们的奇异
它们如何做到，把自己磨得如此
圆润而又坚硬，一丝风也吹不进

赶海人

潮汐，推木舟回港口
赶海人，带着满筐的岁月

殖民化的老屋，主人有了新的身份
炊烟袅袅，依然飞燕荒草筑巢
横梁散漏一些旧时光
照见半世鱼虾
蹲在窗口的懒猫
也在望眼欲穿

不管风浪有多大
都要回家

遥想 208 客轮

风，带来夏天
燕子山脚下，有船鸣笛
在海的盐涩味中
有些爱藏入历史洪流
越滚越远
有些寂寞压在燕子山上
烙下一个长长的影子

那晚，去了老城

风吹落了沿街屋檐的瓦片
把我从街北吹到街南

曾经充满人烟的街景
看不到一颗明亮的星辰

老城的方言与新的语种相遇
黑砖上的脚印零乱不堪

多变的民俗风情，使我们像傻子一样
嬉笑，奔跑寻找青春相馆

回不去的闽南古巷。一位诗人的酒馆
替代了一本破损的蓝皮书

街角唯一的路灯闭目养神，似乎忘却了
这二十世纪，一座老城

凸垄村的下午

紫藤缠绕的这株古树
枝干长着绿油油的叶芽
断线的风筝与一座石屋不离不弃
守护着春天的静谧

一只喜鹊从枝头飞临溪流
站在岩石上，梳理着黑白分明的羽毛
它与我对视的时候
我当它是这片领地的主人

半山腰的木舟像是一块旧时的膏药
贴在凸垄人家的伤口
镜头里，一群黑蚂蚁
在野豌豆上搬家

寮顶自然村

一幅楹联引路，我们走进寮顶

防空隧道，带着秘密

一头连着战争伤痛，另一头通往梦想

上百年来，多少人

将魂魄注入这片土地

洞口的风，早已从一个浪潮

吹进另一个浪潮

村口与防空洞相通的那口饮水井

不知道还有没有蛙

在坐井观天

孤屿不孤

鸟飞，飞得像绕口令
东塔古刹伸出的枝杈，盖住塔高
掩盖不住历史真相
当年，其被英领事馆强令拆除
塔中文物失窃，至今是个迷

谢灵运笔下的孤屿，千百年来
引无数文人墨客和官宦涉足
留下大量珍贵的诗词歌赋
现在，不知谁能读懂那副楹联：
云朝朝朝朝朝朝朝散
潮长长长长长长长消

空中散步

1.

飞鸟在云尖上盘旋
大地一声"对不起",把我从梦景中叫醒

巴茅、木棉花的清香,从太阳河的深处
来到窗口,在我的鼻梁上散步

2.

石乳峰的树木在生长
它们像夕阳一样伸长再伸长

神母岩的绿,轻柔地
在我的眉上,唇上散步

3.

三十分钟的空中散步,空气中

传播着压抑的安静。谁听到了
梭布垭石林传来的山歌对唱?

黄鱼行走在大地上（组诗）

1.

你从陆地腾起，飞向岛屿
海浪煽动翅膀
我沿着浪花的足迹，走向
金碧辉煌的龙宫，公主们在舞蹈
谁是美人鱼？谁能跳过龙门？
木舟，轻轻地颠簸

2.

芦苇奔跑成乌云，把惨白的内衣
压在塔下，写上碑文
挂在门腰上的锁，箍紧摩托车
和兰草的阴影
从烟囱长出的风，把云雾
越握越紧
杉树的枝干，保持平和

3.

石头开出的花，最后
蔓延开来

春天将收割成熟的风
在石头和铜器的缝隙间
攀爬
我的睡眠在白云中
黄鱼行走在大地上

后　记

诗歌为我的生活打开一扇明亮的窗。孔子曰：诗可以兴，可以观，可以群，可以怨。我把诗歌融入到生活世界里，挽闲暇于书房，在时间的静河里，读书写作，琢磨诗句，以诗会友，与志同道合的朋友共同分享对诗歌的热爱与执着。

本集共一百六十五首诗歌，分为四辑：第一辑"等日出"，第二辑"意外"，第三辑"非常人间"，第四辑"紫色旗袍"。我写所见所闻，写经历，写记忆，写妈妈讲的故事。如果妈妈知道我把她讲的故事变成了文字，变成了诗歌，她一定很高兴。本诗集的第三、四辑有着我挥之不去的记忆，就像弗洛伊德所说："凡是个人经历过的，所闻所思，时间一长，你以为已拦在记忆门外，其实都还潜伏在你的潜意识中。"当你一旦把文字交给记忆，记忆会主动出来，作一次心灵的倾吐。一个人的任何经历，无论是快乐、顺遂，还是痛苦、迷茫，都是诗歌开采的丰富的矿产资源。每一个人拥有的都不是同一片天空，社会、家庭、文化、素养、知识、环境都各有差异，这种差异是无法消弭的。作为诗歌，应该顺应这些差异，以独特的视角发现同一事物中的不同景观，经过心灵经验的酿造，打造出人人心中所有，人人笔下所无的东西。这当然是一个艰难的创作过程，一首诗，甚至一个句子，一个字，都应该反复斟酌推敲，不能辜负读者。

伊甸老师在序中说："她非常喜欢写白鹭，白鹭的白，它优雅的飞翔，以及它所喜爱的岛屿、田野、树林……对她构成了一种不可抗拒的诱惑。……张春玲写白鹭的诗，几乎都是对一种洁净明亮的人格的赞美。"所以他建议把这本诗集取名为《白鹭》。

多年来，我得到了伊甸老师的精心指导，在此表示由衷的感谢！

2024.06.05